Clifford
EL GRAN PERRO COLORADO

Para Emily Elizabeth

Original title: *Clifford the Big Red Dog*

ISBN 0-590-41380-5

21 20 19 18 17 16 15   6 7 8/9

Printed in the U.S.A.   24

First Scholastic printing, January 1988

NORMAN BRIDWELL

Clifford
EL GRAN PERRO
COLORADO

Cuento e ilustraciones de NORMAN BRIDWELL

Traducido del inglés por Frances M. Leos

SCHOLASTIC INC.

New York Toronto London Auckland Sydney

Yo soy Emilia Isabel,
y tengo un perro.

Mi perro es muy grande y colorado.

Otros niños que conozco también tienen perros.

Algunos son perros grandes.

Y otros son colorados.

Pero el mío es el perro más grande y más
colorado de nuestra calle.

Éste es mi perro — Clifford.

Nos divertimos juntos y jugamos a muchas cosas.

Le tiro un palo, y él
me lo trae.

Aunque a veces se equivoca.

Cuando jugamos a las escondidas,
siempre le llevo ventaja.

Puedo encontrar a Clifford,

dondequiera que se esconda.

Cuando jugamos a acampar,

no necesito una tienda de campaña.

Él también puede hacer trucos.

Puede sentarse y pedir.

Sé que él no es perfecto.

A veces tiene malas costumbres.

Corre detrás de los automóviles.

Y en ocasiones atrapa alguno.

También persigue a los gatos.

Por eso ya no vamos al zoológico.

El desentierra las flores.

A Clifford le encanta morder zapatos.

No es fácil alimentar a Clifford.

Bebe y come mucho.

También fue difícil buscarle casa.

Pero es un excelente perro guardián.

Los niños traviesos ya no nos molestan.

Un día bañé a Clifford.

Lo peiné y lo llevé a una exposición canina.

Me gustaría poder decir que Clifford ganó el primer premio.

Pero no fue así.

No me importa.

Aunque hay perros de todas clases:

Pequeños, negros, blancos,

marrón, e incluso con manchas . . .

Yo me quedo con Clifford....¿No harías tú lo mismo?